雲《くも》のひるね

JUNIOR POEM SERIES

石原一輝《いしはらかずてる》 詩集
小倉玲子《おぐられいこ》 絵

もくじ

Ⅰ　ぼくのかげ

Ⅲ　どこいくの

Ⅰ　ぼくのかげ

ぼくのかげ

かげ　かげ
ぼくの　かげ
がっこう　いくよ
あさの　みち

おひさま　すきなら
ついてこい
まいごに　ならずに
ついてこい

かげ　かげ
ぼくの　かげ
がっこう　おわり
かえり　みち

いえまで　いっしょに
ついてこい
ともだち　だったら
ついてこい

どんぐりひろって

どんぐり　ひろって
こま　づくり
ゆびで　ぐるっと
まわしたら
くるくる　くるくる
まわるけど
よこに　まわって
いやがった

どんぐり　ひろって
こま　まわし
うまく　きれいに
まわらない
まっすぐ　くるくる
まわったら
ぼくの　たからに
してやるよ

まてないおなか

ごはんの　じかんは
もうすぐだ
ぼくは　まとうと
するんだけれど

なにか　たべたい
まてないよ
グルグル　おなかが
もんくいう

おやつも　ちゃんと
たべたんだ
ぼくは　がまんが
できそうだけど

なにか　ほしいよ
まてないよ
キューキュー　おなかが
なくんだよ

きょうはるすばん

でんわがなった
だれだろう
ぜんぜん　しらない
ひとだとやだな
なんて　いったら
いいのだろう
こまったな
きょうは　るすばん
ぼくひとり

まだなってるよ
どうしよう
しってる　ひとだと
いいんだけれど
とって　みないと
わからない
とれないよ
きょうは　るすばん
ぼくひとり

やっとついたよ

トンネル　ぬけたら
もうすぐ　えきだ
まちどおしいな
おかあさんの　いなか

おじいちゃんが
むかえに　きてる
えきまできっと
むかえに　きてる

でんしゃが　とまって
みんなで　おりて
やっとついたよ
おかあさんの　いなか

おじいちゃんが
てを　ふってるよ
かいさつぐちで
てを　ふってるよ

うみのなみ

すなはまに
ちいさな　いけを
つくったら
なみが　ザーッと
やってきて
うみへ　まるごと
もってった
なみも　ぼくらと
あそびたい

すなはまの
ちいさな　いけが
あったとこ
なみが　ザーッと
ひいたあと
しろい　かいがら
かおだした
なみが　おみやげ
おいてった

アルバムみたら

アルバム　さがして
みていたら
ちいさい　わたしが
うつってた

なんだか　いまの
わたしとちがう
いもうと　みたいな
かおしてる

アルバム　めくって
みていたら
ちいさい　わたしが
わらってた

やっぱり　すこし
わたしとちがう
いもうと　みたいに
わらってる

うんどうかい

ときょうそう
ころんで
ひざを　すりむいた
いたくって
それでも　はしった
うんどうかい

たまいれで

おひさま
かごと　かさなった
まぶしくて
かまわず　なげてた
うんどうかい

つなひきは
おやこで
みんな　あつまった
おうえんが
ものすごかったよ
うんどうかい

はじめてできて

さかあがり
風《かぜ》が　ぐるんと
まわったよ
じめんが　ぐるんと
まわったよ
はじめてできて
てつぼうの　うえで
めがまわる

二《に》かいめは
空《そら》も　いっしょに
まわったよ
おなかも　ぐるんと
まわったよ
うれしくなって
おへその　あたりが
くすぐったい

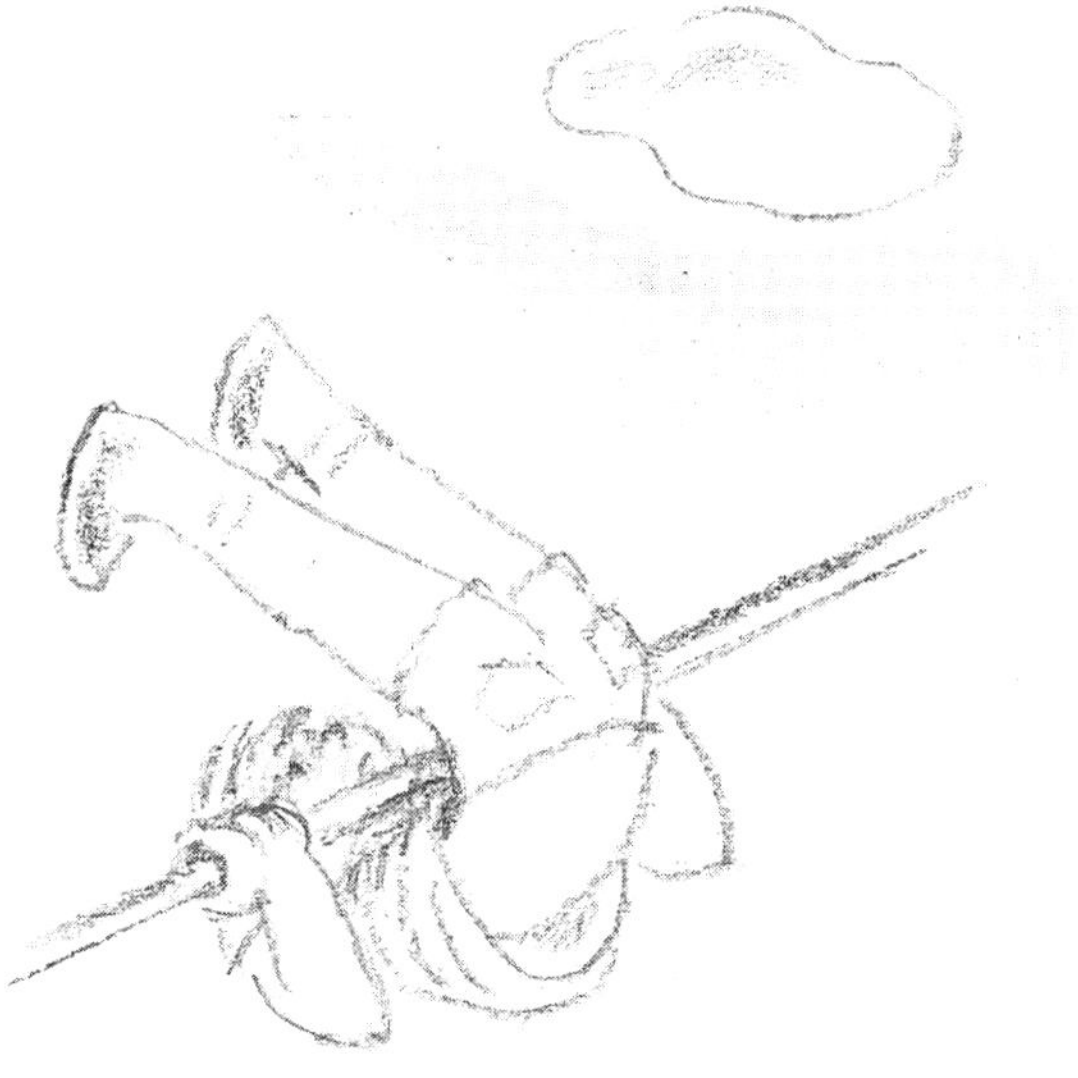

あかいウキ

とうさんと
釣《つ》りをした
おおきな　橋《はし》のした
風《かぜ》がふいて
波《なみ》がたち
あかい　ウキが
たのしそうに
ゆらゆら
波と　あそんでる

おにぎりを
たべてたら
釣りざお　曲《ま》がったよ
糸《いと》がのびて
波がゆれ
あかい　ウキが
あっというまに
せんすい
川《かわ》に　もぐったよ

夏《なつ》のうみ

スイカわり
われないで
目《め》かくしの　すきまから
ちょっぴり　ずるした
夏のうみ

ともだちと
走《はし》ったら
びりになり　くやしくて
べそかき　ないてた
夏のうみ

およいだら
そのあとで
すなはまに　あつまって
トンネル　つくった
夏のうみ

朝《あさ》のさんぽ

早起《はやお》きして
おばあちゃんは
さんぽする
背中《せなか》のばして　立《た》ちどまり
空《そら》にむかって　深呼吸《しんこきゅう》
おばあちゃんが
あおい　空を
すいこんだ

はたけ道《みち》を
おばあちゃんは
さんぽする
腰《こし》をたたいて　まっすぐに
鳥《とり》の鳴《な》く声《こえ》　きいている
おばあちゃんに
涼《すず》しい　風《かぜ》が
ふいてきた

まつりの日《ひ》

ゆかたきて
いそいで　でかけた
かわらまで
ゲタで　はしって
つまずいて
おもわず　ころんだ
まつりの日

わたあめを
うえから　したまで

ほおばって
口《くち》の　まわりも
手《て》のひらも
ベタベタ　あまい
まつりの日

よぞらには
きれいな　花火《はなび》が
ひろがって
みんな　ためいき
はしゃいでた
おもいで　いっぱい
まつりの日

Ⅱ

雲《くも》のひるね

雲《くも》のひるね

雲が　ゴロンと
よこになる
大《おお》きな　からだを
ころがして
ベッドは　ぽかぽか
青《あお》い空《そら》

雲の　ベッドは

青い空
お日《ひ》さま　あたって
あったかい
ゴロンと　ひるねは
いいきもち

雲の　ともだち
やってきた
みんなで　ゴロンと
よこになる
ベッドは　まんいん
まっしろけ

みどりのこ

ちいさな　うえき
きょうも水《みず》やり
はやく　おおきく
なるように

ぼくが　つくった
かだんの　土《つち》に
きれいに　ならぶ
みどりのこ

あたたか　春《はる》の日
もうすぐだから
はっぱも　すこし
のびてきた

どんな　花《はな》かな
ちいさな　うえき
さくまで　ひみつ
みどりのこ

コスモスいっぱい

コスモスばたけは
コスモス　いっぱい
かぜに　ふかれて
ユラユラ　フラフラ
たおれるようで　しんぱいだけど
みんなで　がっしょう
するように
とっても　きもちが
いいんでしょう

コスモスばたけは
コスモス　いっぱい
かぜが　つよくて
ザワザワ　グラグラ
くきがほそくて　おれそうだけど
わたしがダンスを
するように
ほんとに　きもちが
いいんでしょう

ふーっと　そらに

わたげ
タンポポ
いき　かけて
ふーっと　そらに
とばしたら
はなびのように
ひろがった
あそびにいった
にげてった

わたげ
タンポポ
いき　かけて
ぱーっと　そらに
とばしたら
ちょうちょのように
はばたいた
みえなくなった
たびにでた

かくれんぼ

おちばに　にてる
いろをして
ちいさい　竹《たけ》の子《こ》
かおだした
はずかしそうに　かくれんぼ
みどりの　はっぱに
なるまでね
笹《ささ》のはっぱに
なるまでね

おちばを　すこし
もちあげて
あたまの　さきっぽ
見《み》えてるよ
あっちこっちで　かくれんぼ
おおきく　なったら
つかわせて
たなばたさまに
つかわせて

サヤエンドウ

ぎょうざの
かたちの
サヤエンドウ
なかには　こどもが
はいってる
ふたごに　みつご
よつごかな
ぼくは　きょうだい
ふたりだよ

おなかが
ベッドか
サヤエンドウ
みどりの　こどもが
ならんでる
これは　びっくり
いつつごだ
ぼくは　おとうと
ひとりだよ

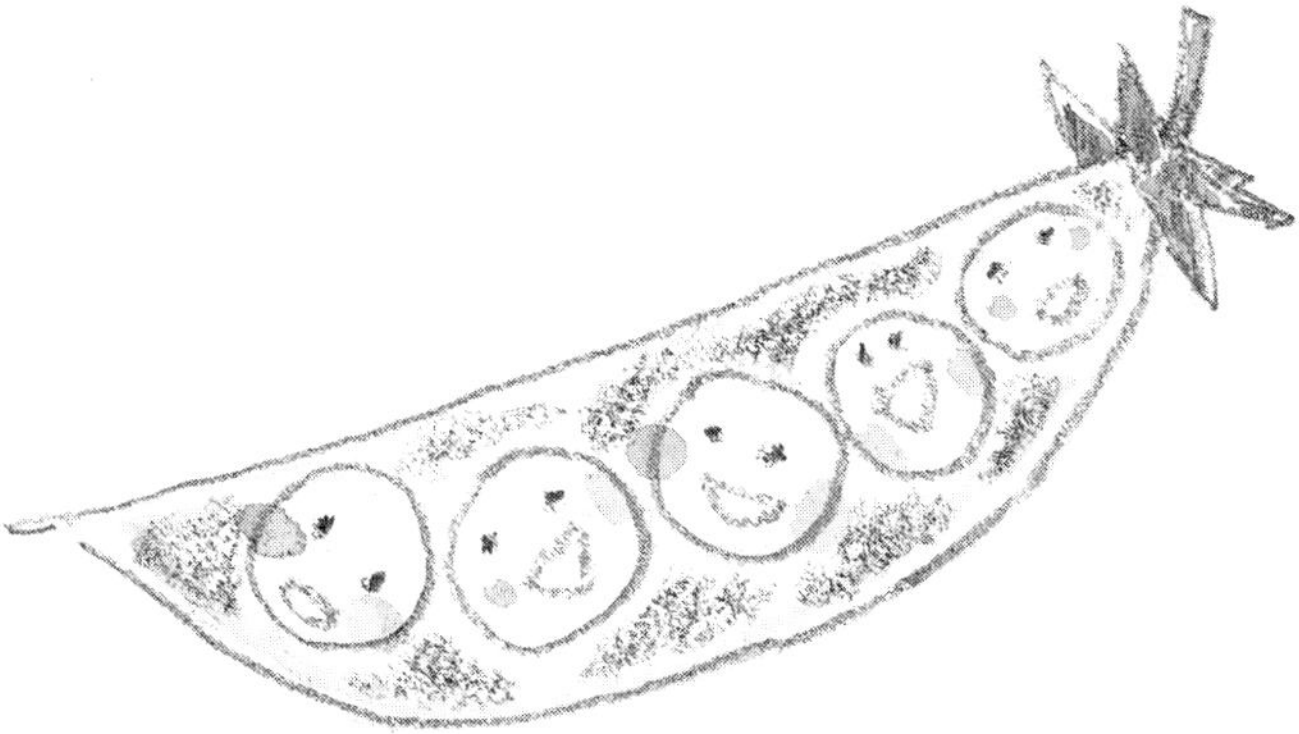

みちばたの花《はな》

みちばたの　花
ちいさい　花
名前《なまえ》も　なにも
しらないけれど
ちゃんと　咲《さ》いてる
きれいに　咲いてる
みちばたの　花
かわいい　花

踏《ふ》まれた　ことも
あるはずだけど
ちゃんと　咲いてる
きれいに　咲いてる

みちばたの　花
きいろい　花
ふだんは　あまり
気《き》づかないけど
ちゃんと　咲いてる
きれいに　咲いてる

サルスベリ散《ち》って

水《みず》あそびする
静《しず》かな　昼《ひる》さがり
サルスベリの花《はな》
散ってきた

ちいさな　プールに
パラパラ　ヒラヒラ
お花の　お舟《ふね》に
なりました

風《かぜ》がそよそよ
水着《みずぎ》の　わたしに
サルスベリの花
散ってきた

あたまや　からだに
パラパラ　ヒラヒラ
お花の　リボンが
ゆれました

いわないよ

ちきゅうはなんにも
いわないよ
ああしてくれる
こうしてくれる
わがままなことは
いわないよ

ちきゅうはなんにも
いわないよ

ああしてほしい
こうしてほしい
おねがいなんかは
しないんだ

ちきゅうはなんにも
いわないよ
ああすればいい
こうすればいい
だれにもめいれい
しないんだ

五月《ごがつ》のそらは

ながれる　かぜを
すいこんで
大《おお》きく　ふくらむ
こいのぼり
まあるい　めだまで
みわたして
まんぞくそうに
およいでる
五月の　そらは
こいのそら

五月の　かぜの
まんなかを
しっぽを　なびかせ
こいのぼり
まあるい　おなかを
くねらせて
おどりをおどる
こどもの日《ひ》
五月の　そらは
こいのそら

すすきの穂《ほ》

そよそよ
そよそよ
すすきの穂
風《かぜ》に　ゆられて
白《しろ》い波《なみ》
ゆうぐれ　野原《のはら》は
白い海《うみ》
前《まえ》に　後《うし》ろに
白い波

きらきら
きらきら
すすきの穂
夕日《ゆうひ》　あびてる
銀《ぎん》の波
ふるさと　野原は
銀の海
右《みぎ》に　左《ひだり》に
銀の波

まんまる満月《まんげつ》

星《ほし》が　うかぶ
空《そら》の　海《うみ》
まんまる　満月
昇《のぼ》ってる

暗《くら》い　夜空《よぞら》の
月《つき》は　灯台《とうだい》
こんやも　星の
舟《ふね》がゆく

星が　ひかる
空の　海
まんまる　満月
昇ってく

遠《とお》い　夜空の
月は　灯台
こんやも　星の
舟てらす

秋《あき》がきて

秋がきて
空《そら》が　いちめん
ゆうひに　そまり
あかい　トンボが
畑《はたけ》を　とんで
どっちが　あかい
くらべっこ

秋がきて
庭《にわ》の　サルビア

きれいに　さいて
風《かぜ》に　もみじが
ゆられて　落《お》ちて
どっちが　あかい
くらべっこ

秋がきて
まっかな　柿《かき》が
たわわに　みのり
池《いけ》で　緋鯉《ひごい》が
ひらひら　およぎ
どっちが　あかい
くらべっこ

きみの家《いえ》

風《かぜ》が　ふく
朝《あさ》も　夜《よる》も
どこから　くる
風よ

そうか
この　空《そら》は
きみが　生《う》まれた　空
きみの　あそぶ　庭《にわ》

風が　ふく
山《やま》も　海《うみ》も
きのうも　きた
風よ

そうか
この　空は
きみが　住《す》んでる　空
きみの　くらす　家

Ⅲ　どこいくの

どこいくの

ハトが　どうろに
まいおりた
くるまが　きても
チョッとよけて
しらない　ふりして
どこいくの

ハトが　どうろを

あるいてく
そばに　よっても
じめんにむちゅう
チラッと　みただけ
どこいくの

ハトが　どうろを
つついてる
くびを　のばして
まわりをながめ
トコトコ　トコトコ
どこいくの

カメのこうら

カメが　あるく
せなかの　こうらが
おもたそう
にもつ　はこんで
いるみたい

カメが　あるく
からだを　ゆっくり

うごかして
やまに　のぼって
いるみたい

カメが　とまる
こうらに　あたまを
ひっこめて
いしの　まねして
いるみたい

あめのひに

あめの　ひに
かたつむり
みつけた

はっぱの　うえで
つやつや　ぬれて
だれも　いない
のんびり
あるけ

あめの　ひの
かたつむり
げんきだ

ぬれてる　からか
かわくの　いやか
あめの　ひには
いつでも
こいよ

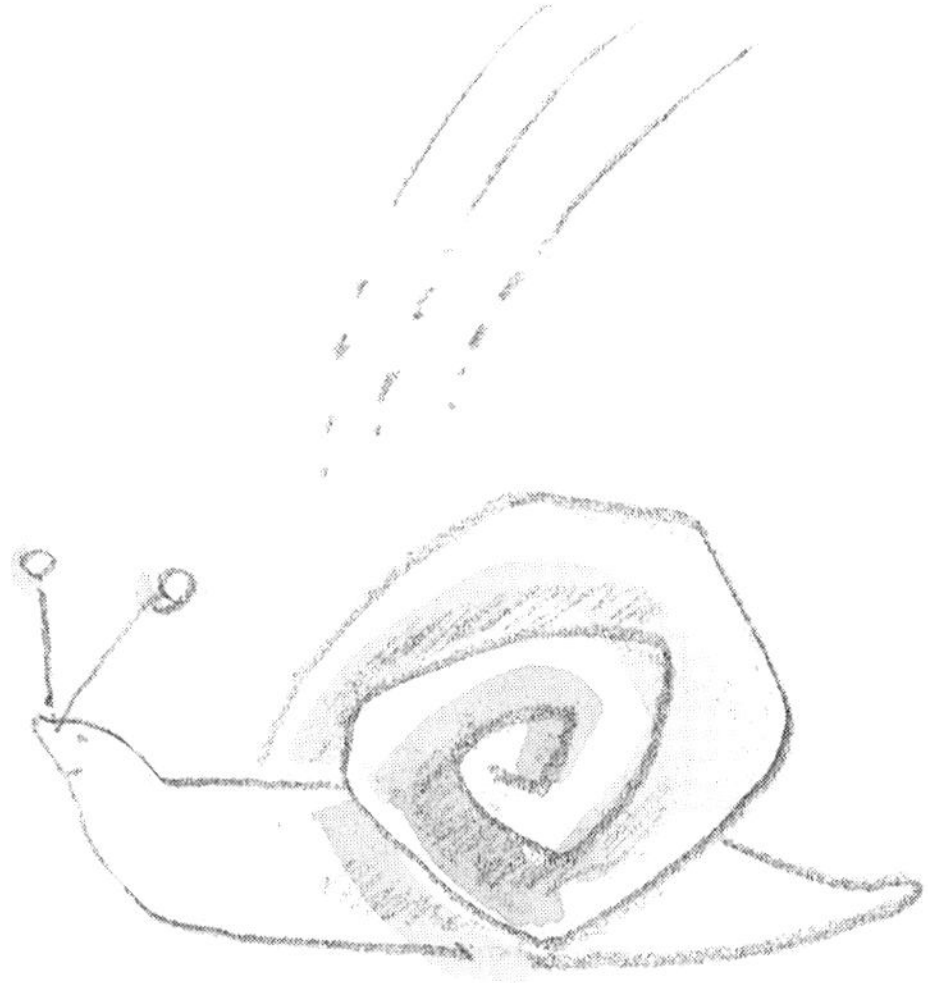

セミのはなし

セミが　きをのぼる
とちゅうで　とまって
じっとして
なんだか　はなしを
しているようだ
それとも　つかれて
ねむってる
どんな　ゆめみて
ねるのやら

セミが　なきだした
だんだん　はげしく
はやくなる
じまんの　はなしを
きかせるように
それとも　すきなこ
さそってる
だれを　さそって
いるのやら

とけいのしごと

とけいのしごとは
カチカチ　カチカチ
みんながでかけて
いるときも
とけいは　しごとを
しています

とけいのしごとは

コチコチ　コチコチ
みんながねている
まよなかも
やっぱり　しごとは
やすまない

とけいのしごとは
チッチッ　チッチッ
みんながながめて
くれるから
とけいは　しごとが
すきなんだ

せんぷうき

せんぷうき
しずかな　かぜ
たたみに　おいた
しんぶんし
ペラペラ　めくって
よんでいる

せんぷうき

やさしい　かぜ
おひるね　してる
あかちゃんの
かみのけ　そうっと
なでている

せんぷうき
すずしい　かぜ
ぐるぐる　くうき
かきまわし
おへやの　せんたく
してくれる

ガラスのふうりん

ガラスの　ふうりん
金魚《きんぎょ》が　およぐ
すきとおる
音《おと》に　ゆられて

静《しず》かに　よせる
風《かぜ》のなみ
まっかな　しっぽの
金魚が　およぐ

ガラスの　ふうりん
金魚が　およぐ
のきしたの
夏《なつ》の　ひぐれに
水草《みずくさ》　ゆらす
風のなみ
くるりと　まわって
金魚が　およぐ

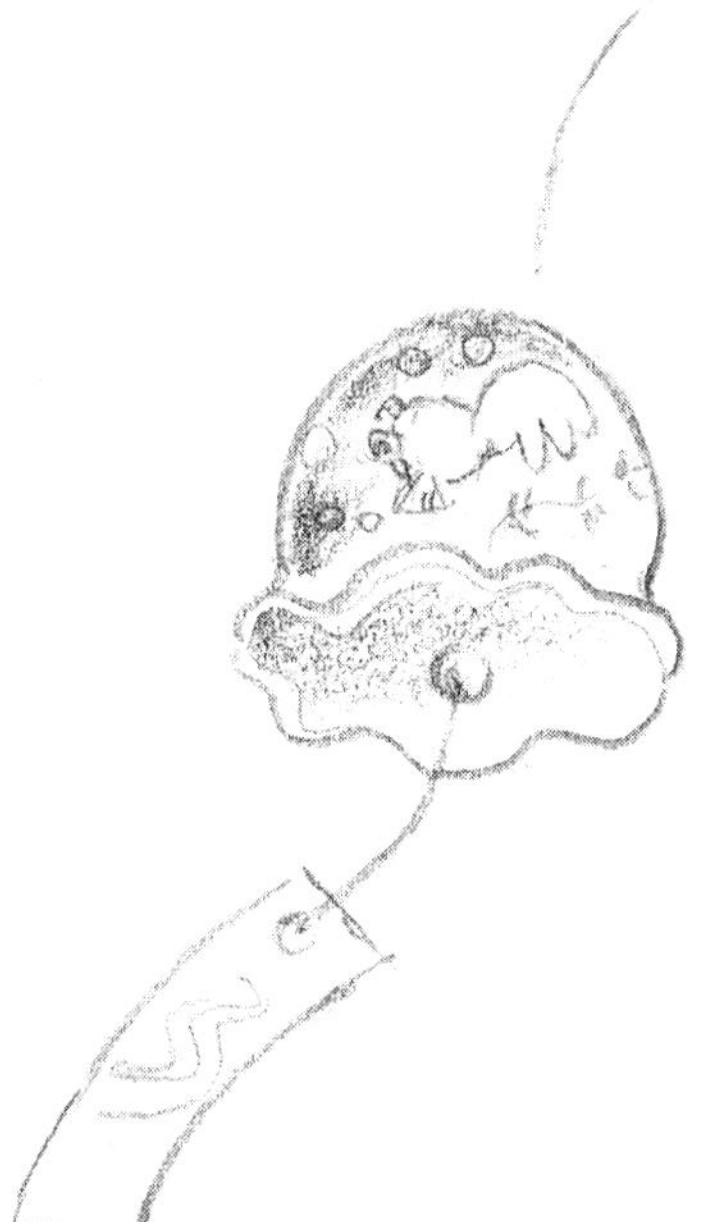

雪《ゆき》のじゅうたん

雪が　ちらちら
ふってきた
昼《ひる》には　おおきな
ぼたん雪
地面《じめん》に　じゅうたん
しきだした
屋根《やね》の　うえにも
しきだした

雪が　ふわふわ

ふってきた
夕方《ゆうがた》　どんどん
つよくなり
花壇《かだん》の　じゅうたん
厚《あつ》くなる
道路《どうろ》の　うえも
厚くなる

一晩《ひとばん》　たったら
なにもかも
雪の　じゅうたん
白《しろ》いまち

雨《あめ》

しみこむ　雨
地球《ちきゅう》が　のむ
ジワジワ　のむ
のんだら　ゆっくり
水《みず》をだす
山《やま》から　つめたい
水をだす
川《かわ》が　まってる
水をだす
海《うみ》が　よろこぶ
水をだす

しみこむ　雨
地球が　のむ
ゴクゴク　のむ
のんだら　きれいな
水をだす
生《う》まれた　ばかりの
水をだす
空《そら》が　まってる
水をだす
宇宙《うちゅう》に　おれいの
水をだす

絵葉書《えはがき》の文字《もじ》

絵葉書に
かかれた　文字で
思《おも》いだす
遠《とお》く　はなれて
いた人《ひと》の
あの日《ひ》の　すがたが
目《め》にうかび
文字が　笑顔《えがお》に
見《み》えてくる

絵葉書の
みなれた　文字が
ていねいに
端《はし》の　はしまで
書《か》いてある
あの日に　かえって
ながめれば
文字が　はなしを
するようだ

くしゃみの詩《うた》

遠《とお》い山《やま》からふいてきた
木枯《こが》らしビューンとふいてきた
峠《とうげ》の松《まつ》の木《き》くしゃみをするよ
枝《えだ》をブルブルふるわせて

人間《にんげん》さまもこの冬《ふゆ》は
風邪《かぜ》ひきたくさんいるそうだ
薬《くすり》を飲《の》んだりマスクをしたり
熱《ねつ》やくしゃみが止《と》まらぬそうだ

杉《すぎ》の山からふいてきた
春風《はるかぜ》フワーッとふいてきた
よもぎやスミレも目《め》が覚《さ》めそうだ
根《ね》っ子《こ》の先《さき》がうごきだす

お天道《てんと》さまも高《たか》くなり
下界《げかい》は陽気《ようき》がいいはずだ
それでもくしゃみは相変《あいか》わらずだ
かわいそうだよ人間さまは

風《かぜ》のささやき

生《う》まれたばかりの　緑《みどり》をゆらし
歌《うた》うように　風のささやき

眺《なが》めてごらん　しずかに
何《なに》もかも　からっぽになるような
そんな時間《じかん》が　過《す》ぎてゆく

心《こころ》のなかが　ゆられて　ゆられて
いつのまにか微笑《ほほえ》みが　わいてくる
わたしの風　明日《あした》へながれてく

きらきらまぶしい　髪《かみ》をゆらし
踊《おど》るように　風のささやき

ため息《いき》をする　ひととき
何《なに》もかも　おだやかにみえてきて
そっと涙《なみだ》が　かわいてく

心のなかが　やさしく　やさしく
いつのまにか悲《かな》しみが　きえていく
わたしの風　明日へながれてく

笑顔《えがお》

空《そら》にはまぶしい　光《ひかり》がある
森《もり》には輝《かがや》く　緑《みどり》がある
花《はな》にはやさしい　香《かお》りがある
雲《くも》は遥《はる》かな　世界《せかい》に広《ひろ》がる

ぼくら人《ひと》には　なにがある
希望《きぼう》にむかう　笑顔がある
悲《かな》しみわすれる　笑顔がある
なににも負《ま》けない　笑顔がある

海《うみ》にはきらめく　飛沫《しぶき》がある
河《かわ》には豊《ゆた》かな　流《なが》れがある
山《やま》にはあふれる　生命《いのち》がある
風《かぜ》は自由《じゆう》に　宇宙《うちゅう》を旅《たび》する

ぼくら人には　なにがある
未来《みらい》をめざす　笑顔がある
苦《くる》しみこえてく　笑顔がある
なににも負けない　笑顔がある

あとがき

拙著「空になりたい」から十五年、再び銀の鈴社の皆様にお世話になりました。厚く御礼申しあげます。

目に留めて戴ける作品がございましたら、望外のしあわせに存じます。

紅《あか》い花火

なんのお祭り
いちめんに
紅い花火
木陰《こかげ》を華やかに
埋《う》めつくし

木洩れ日《こもれび》の道
見とれれば
紅い花火
夏から秋の日へ
彼岸花《ひがんばな》

佇《たたず》むこころに
まぶしくて
紅い花火
夕暮《ゆうぐ》れ花あかり
父がいる

石原　一輝

石原一輝（いしはら　かずてる）

1945年山梨県生まれ。

日本児童文芸家協会創作童謡最優秀賞、毎日童謡賞、三木露風賞、日本創作童謡コンクール各優秀賞、その他を受賞。

音楽教科書（東京書籍）、NHK高校講座音楽（日本放送出版協会）、教育音楽（音楽の友社）、音のゆうびん（カワイ音楽教室）、教育技術（小学館）、THE CHORUS（教育芸術社）、新しい 卒業式曲集（教育研究社）、合唱表現（東京電化）、クラスで歌うこどものうた（音楽センター）等に作品掲載。市歌、校歌、イメージソング等を作詩。

合唱曲に「大空へ飛べ」「オンザウィング」「地球のかぞく」「そんなSLあったらいいな」「あの宙より」「星の大地に」など。

詩集に「空になりたい」（銀の鈴社）「地球のかぞく」（群青社）「きせきだよ」（本の泉社）がある。

（社）日本音楽著作権協会会員。現在、西東京市在住。

絵・小倉玲子（おぐら　れいこ）
1946年広島生まれ
東京芸術大学大学院修了
絵本『るすばんできるかな』（JULA出版局）他
詩集『風栞』『生まれておいで』『かえるの国』（銀の鈴社）などの装画
壁画オリックス神保町ビル陶壁画
北九州サンビルモザイク壁画他多数点制作

NDC911
東京　銀の鈴社　2009
94頁 21cm（雲のひるね）

ジュニアポエムシリーズ　195
2009年3月10日初版発行
本体1,200円＋税
雲《くも》のひるね
著　　者　石原一輝©　絵　小倉玲子©
シリーズ企画　㈱教育出版センター
発 行 者　柴崎聡・西野真由美
編集発行　㈱銀の鈴社 TEL 03-5524-5606　FAX 03-5524-5607
〒104-0061　東京都中央区銀座1-21-7-4F
http://www.ginsuzu.com
E-mail info@ginsuzu.com

ISBN978－4－87786－195－7 C8092
落丁・乱丁本はお取り替え致します
印　刷　電算印刷
製　本　渋谷文泉閣

…ジュニアポエムシリーズ…

1 鈴木敏史・詩集　宮下琢郎・絵　星の美しい村　★☆
2 小池知子・詩集　高志孝子・絵　おにわいっぱいぼくのなまえ　★☆
3 鶴岡千代子・詩集　武田淑子・絵　白い虹　児文芸新人賞
4 楠木しげお・詩集　久保雅勇・絵　カワウソの帽子
5 津坂治男・詩集　垣内美穂・絵　大きくなったら　★
6 後藤れい子・詩集　山本まつ子・絵　あくたれぼうずのかぞえうた
7 北村蔦子・詩集　柿本幸造・絵　あかちんらくがき
8 吉田瑞穂・詩集　吉田翠・絵　しおまねきと少年　[◇]★◎
9 新川和江・詩集　葉祥明・絵　野のまつり　★☆
10 阪田寛夫・詩集　織茂恭子・絵　夕方のにおい　[◆]★☆○
11 高田敏子・詩集　若山憲・絵　枯れ葉と星　★☆
12 原田直友・詩集　吉田翠・絵　スイッチョの歌　★◎
13 小林純一・詩集　久保雅勇・絵　茂作じいさん　◉★☆●◎
14 長谷川俊太郎・詩集　長新太・絵　地球へのピクニック　★◎
15 与田準一・詩集　深沢省三・深沢紅子・絵　ゆめみることば　★

16 岸田衿子・詩集　中谷千代子・絵　だれもいそがない村
17 江間章子・詩集　榊原直美・絵　水と風　◇◎
18 原田直友・詩集　小野まり・絵　虹—村の風景—　★
19 福田正夫・詩集　福田達夫・絵　星の輝く海　★☆
20 草野心平・詩集　長野ヒデ子・絵　げんげと蛙　★☆○◇
21 宮田滋子・詩集　青木まさる・絵　手紙のおうち　☆○
22 久保田昭三・詩集　斎藤彬子・絵　のはらでさきたい
23 鶴岡千代子・詩集　加倉井和夫・武田淑子・絵　白いクジャク　★●
24 尾上尚子・詩集　まど・みちお・絵　そらいろのビー玉　★☆　児文協新人賞
25 水上紅・詩集　深沢紅子・絵　私のすばる　☆
26 野呂昶・詩集　福島一二三・絵　おとのかだん　★
27 こやま峰子・詩集　武田淑子・絵　さんかくじょうぎ　☆
28 青戸かいち・詩集　駒宮録郎・絵　ぞうの子だって
29 まきたかし・詩集　福田達夫・絵　いつか君の花咲くとき　★☆♡
30 薩摩忠・詩集　駒宮録郎・絵　まっかな秋　★☆♡

31 新川和江・詩集　福島一二三・絵　ヤァ！ヤナギの木　★☆○♡
32 井上靖・詩集　駒宮録郎・絵　シリア沙漠の少年　★☆♡
33 古村徹三　詩・絵　笑いの神さま
34 江上波夫・詩集　青空風太郎・絵　ミスター人類　○☆
35 秋原秀夫・詩集　鈴木義治・絵　風の記憶　★◎
36 水村三千夫・詩集　武田淑子・絵　鳩を飛ばす
37 久冨純江・詩集　渡辺安芸夫・絵　風車　クッキングポエム
38 日野生三・詩集　吉野晃希男・絵　雲のスフィンクス　★
39 佐藤雅子・詩集　佐藤太清・広瀬きよみ・絵　五月の風　★
40 小黒恵子・詩集　武田淑子・絵　モンキーパズル　★
41 木村信子・詩集　山本典子・絵　でていった
42 中野栄子・詩集　吉田翠・絵　風のうた　☆
43 宮田滋子・詩集　牧村慶子・絵　絵をかく夕日　★
44 大久保ティ子・詩集　渡辺安芸夫・絵　はたけの詩　★☆
45 秋原秀夫・詩集　赤星亮衛・絵　ちいさなともだち　♥

☆日本図書館協会選定
★全国学校図書館協議会選定
□少年詩賞　■茨城県すいせん図書
○厚生省中央児童福祉審議会すいせん図書
●日本童謡賞　♧岡山県選定図書
♡日本子どもの本研究会選定
♥秋田県選定図書
♣愛媛県教育会すいせん図書
◇岩手県選定図書
◆京都府選定図書
[◇]芸術選奨文部大臣賞
◉赤い鳥文学賞　[◆]赤い靴賞

…ジュニアポエムシリーズ…

- 46 日友靖子詩集 藤城清治・安西明美・絵 猫曜日だから ◆☆
- 47 秋葉てる代詩集 武田淑子・絵 ハープムーンの夜に ♡
- 48 こやま峰子詩集 山本省三・絵 はじめのいーっぽ ★♡
- 49 黒柳啓子詩集 金子滋・絵 砂かけ狐 ♡
- 50 三枝ますみ詩集 武田淑子・絵 ピカソの絵 ☆♡●
- 51 夢虹二詩集 武田淑子・絵 とんぼの中にぼくがいる ♡○♥
- 52 はたちよしこ詩集 まど・みちお・絵 レモンの車輪 □✧
- 53 大岡信詩集 葉祥明・絵 朝の頌歌 ★☆♡♥◎
- 54 吉田瑞穂詩集 吉田翠・絵 オホーツク海の月 ★☆♡
- 55 さとう恭子詩集 村上保・絵 銀のしぶき ★☆♡
- 56 星乃ミミナ詩集 葉祥明・絵 星空の旅人 ★☆♡
- 57 葉祥明 詩・絵 ありがとう そよ風 ★♡▲
- 58 青戸かいち詩集 初山滋・絵 双葉と風
- 59 小野ルミ詩集 和田誠・絵 ゆきふるるん ★☆●♡
- 60 なぐもはるき 詩・絵 たったひとりの読者 ★♡✧
- 61 小関秀夫詩集 小倉玲子・絵 風《かざ》琹《しおり》 ★♡♥
- 62 海沼松世詩集 守下さおり・絵 かげろうのなか ☆♡
- 63 山本龍生詩集 小倉玲子・絵 春行き一番列車 ♡
- 64 小泉周二詩集 深沢省三・絵 こもりうた ★☆♡
- 65 かわてせいぞう詩集 若山憲・絵 野原のなかで ♡★♥
- 66 えぐちまき詩集 赤星亮衛・絵 ぞうのかばん ♡◆♥
- 67 池田あきつ詩集 小倉玲子・絵 天気雨 ♡
- 68 藤井則行詩集 君島美知子・絵 友へ ♡♤
- 69 藤哲生詩集 武田淑子・絵 秋いっぱい ★♠
- 70 日友靖子詩集 深沢紅子・絵 花天使を見ましたか ★
- 71 吉田瑞穂詩集 吉田翠・絵 はるおのかきの木 ★
- 72 小島禄琅詩集 中村陽子・絵 海を越えた蝶 ☆★♥♡
- 73 にしおまさこ詩集 杉田幸子・絵 あひるの子 ★
- 74 山下竹二詩集 徳田徳志芸・絵 レモンの木 ★
- 75 高崎乃理子詩集 奥山英俊・絵 おかあさんの庭 ★♡
- 76 檜きみこ詩集 広瀬弦・絵 しっぽいっぽん ★●□☆♡
- 77 たかはしけいこ詩集 高田三郎・絵 おかあさんのにおい ♡♣□
- 78 星乃ミミナ詩集 深澤邦朗・絵 花かんむり ♥☆♡
- 79 佐藤照雄詩集 津波信久・絵 沖縄 風と少年 ☆♡★
- 80 相馬梅子詩集 やなせたかし・絵 真珠のように ♥★
- 81 小島禄琅詩集 深沢紅子・絵 地球がすきだ ★
- 82 鈴木美智子詩集 黒澤梧郎・絵 龍のとぶ村 ◇★♥
- 83 いがらしれいこ詩集 高田三郎・絵 小さなてのひら ☆
- 84 宮入黎子詩集 小倉玲子・絵 春のトランペット ☆★
- 85 下田喜久美詩集 方振寧・絵 ルビーの空気をすいました ☆
- 86 野呂昶詩集 方振寧・絵 銀の矢ふれふれ ★
- 87 ちよはらまちこ詩集 ちよはらまちこ・絵 パリパリサラダ ★
- 88 秋原秀夫詩集 徳田徳志芸・絵 地球のうた ☆★
- 89 中島あやこ詩集 井上緑・絵 もうひとつの部屋 ★
- 90 藤川こうのすけ詩集 葉祥明・絵 こころインデックス ☆

✲サトウハチロー賞　✣毎日童謡賞　♠奈良県教育研究会すいせん図書
☼三木露風賞　✧北海道選定図書　ꕥ三越左千夫少年詩賞
♤福井県すいせん図書　◈静岡県すいせん図書
▲神奈川県児童福祉審議会推薦優良図書　◎学校図書館ブッククラブ選定図書

…ジュニアポエムシリーズ…

- 91 新井　和詩集　高田　三郎・絵　おばあちゃんの手紙　☆★
- 92 はなわたえこ詩集　えばとかつこ・絵　みずたまりのへんじ　★●
- 93 柏木恵美子詩集　武田　淑子・絵　花のなかの先生　☆
- 94 中原千津子詩集　寺内　直美・絵　鳩への手紙　★
- 95 高瀬美代子詩集　小倉　玲子・絵　仲なおり　★
- 96 杉本深由起詩集　若山　憲・絵　トマトのきぶん　☆★◎　児文芸新人賞
- 97 宍倉さとし詩集　守下さおり・絵　海は青いとはかぎらない　♧
- 98 石井　英行詩集　有賀　忍・絵　おじいちゃんの友だち　■
- 99 なかのひろ詩集　アサト・シェラ・絵　とうさんのラブレター　☆★
- 100 小松　静江詩集　藤川　秀之・絵　古自転車のバットマン
- 101 石原　一輝詩集　加藤　真夢・絵　空になりたい　☆★
- 102 小泉　周二詩集　西　真里子・絵　誕生日の朝　☆■★
- 103 くすのきしげのり童謡　わたなべあきお・絵　いちにのさんかんび　☆★
- 104 成本　和子詩集　小倉　玲子・絵　生まれておいで　☆★♡
- 105 伊藤　政弘詩集　小倉　玲子・絵　心のかたちをした化石　★
- 106 川崎　洋子詩集　井戸　妙子・絵　ハンカチの木　□★☆
- 107 柘植　愛子詩集　油野　誠一・絵　はずかしがりやのコジュケイ
- 108 新谷智恵子詩集　葉　祥明・絵　風をください　☆●♡
- 109 金親　尚子詩集　牧　進・絵　あたたかな大地　☆
- 110 黒柳　啓子詩集　吉田　翠・絵　父ちゃんの足音　☆★♡□
- 111 富田　栄子詩集　油野　誠一・絵　にんじん笛　♡☆
- 112 原　国子詩集　高畠　純・絵　ゆうべのうちに　☆
- 113 宇部　京子詩集　スズキコージ・絵　よいお天気の日に　○□●☆◇★
- 114 武鹿　悦子詩集　牧野　鈴子・絵　お花見　☆□
- 115 山本なおこ詩集　梅田　俊作・絵　さりさりと雪の降る日　☆★
- 116 小林比呂古詩集　おおた慶文・絵　ねこのみち　☆
- 117 後藤れい子詩集　渡辺あきお・絵　どろんこアイスクリーム　☆
- 118 重清　良吉詩集　高田　三郎・絵　草の上　☆□◆★
- 119 宮中　雲子詩集　西　真里子・絵　どんな音がするでしょか　★
- 120 前山　敬子詩集　若山　憲・絵　のんびりくらげ　☆★
- 121 川端　律子詩集　若山　憲・絵　地球の星の上で　♡
- 122 たかはしけいこ詩集　織茂　恭子・絵　とうちゃん　♡♣★
- 123 宮田　滋子詩集　深澤　邦朗・絵　星の家族　☆●
- 124 国沢たまき詩集　唐沢　静・絵　新しい空がある
- 125 池田あきつ詩集　小倉　玲子・絵　かえるの国　★
- 126 黒田　恵子詩集　倉島千賀子・絵　ボクのすきなおばあちゃん　☆★♡
- 127 垣内　磯子詩集　宮崎　照代・絵　よなかのしまうまバス　☆♡★
- 128 小泉　周二詩集　佐藤　平八・絵　太陽へ　★●☆♡
- 129 中島　和子詩集　秋里　信子・絵　青い地球としゃぼんだま　☆★
- 130 のろさかん詩集　福島一二三・絵　天のたて琴　☆
- 131 加藤　丈夫詩集　葉　祥明・絵　ただ今　受信中　☆★
- 132 北原　悠子詩集　深沢　紅子・絵　あなたがいるから　♡
- 133 池田もと子詩集　小倉　玲子・絵　おんぷになって　♡
- 134 鈴木　初江詩集　吉田　翠・絵　はねだしの百合　★
- 135 垣内　磯子詩集　今井　俊・絵　かなしいときには　★

△長野県教育委員会すいせん図書　✡㈶日本動物愛護協会推薦図書

…ジュニアポエムシリーズ…

- 136 秋葉てる代詩集 やなせたかし・絵 おかしのすきな魔法使い ❀●★
- 137 青戸かいち詩集 永田萠・絵 小さなさようなら ❀★
- 138 柏木恵美子詩集 高田三郎・絵 雨のシロホン ♡★
- 139 藤井則行詩集 阿見みどり・絵 春だから ♡★◎
- 140 黒田勲子詩集 山中冬二・絵 いのちのみちを
- 141 南郷芳明詩集 的場豊子・絵 花時計
- 142 やなせたかし詩・絵 生きているってふしぎだな
- 143 内田麟太郎詩集 斎藤隆夫・絵 うみがわらっている
- 144 しまざきふみ詩集 島崎奈緒・絵 こねこのゆめ ♡
- 145 糸永えつこ詩集 武井武雄・絵 ふしぎの部屋から ♡
- 146 石坂きみこ詩集 鈴木英二・絵 風の中へ ♡
- 147 坂本のこ詩集 坂本こう・絵 ぼくの居場所 ♡
- 148 島村木綿子詩・絵 森のたまご ❀
- 149 楠木しげお詩集 わたせせいぞう・絵 まみちゃんのネコ ★
- 150 牛尾良子詩集 上矢津・絵 おかあさんの気持ち ♡
- 151 三越左千夫詩集 阿見みどり・絵 せかいでいちばん大きなかがみ ★
- 152 水村三千夫詩集 高見八重子・絵 月と子ねずみ
- 153 川越文子詩集 横松桃子・絵 ぼくの一歩ふしぎだね ★
- 154 すずきゆかり詩集 葉祥明・絵 まっすぐ空へ
- 155 西田純詩集 葉祥明・絵 木の声水の声
- 156 清野倭文子詩集 水科舞・絵 ちいさな秘《ひ》密《みつ》
- 157 川奈静詩集 直江みちる・絵 浜ひるがおはパラボラアンテナ ★◎
- 158 若木良水詩集 西真里子・絵 光と風の中で
- 159 牧陽子詩集 渡辺あきお・絵 ねこの詩 ★◎
- 160 宮田滋子詩集 阿見みどり・絵 愛一輪 ★◎
- 161 井上灯美子詩集 唐沢静・絵 ことばのくさり ☆●
- 162 滝波万理子詩集 滝波裕子・絵 みんな王《おう》様《さま》 ★●
- 163 冨岡みち詩集 関口コオ・絵 かぞえられへんせんぞさん ★
- 164 垣内磯子詩集 辻恵子・切り絵 緑色のライオン ★◎
- 165 すぎもとれいこ詩集 平井辰夫・絵 ちょっといいことあったとき ★
- 166 岡田喜代子詩集 おぐらひろかず・絵 千年の音 ★☆◎
- 167 川奈静詩集 直江みちる・絵 ひもの屋さんの空 ★◎☆♥♡
- 168 鶴岡千代子詩集 武田淑子・絵 白い花火 ★☆
- 169 井上灯美子詩集 唐沢静・絵 ちいさい空をノックノック ★◎☆
- 170 尾崎杏子詩集 ひなた山すじゅう郎・絵 海辺のほいくえん ☆♡★◎
- 171 柘植愛子詩集 やなせたかし・絵 たんぽぽ線路 ☆♡★◎●
- 172 小林比呂古詩集 うめざわのりお・絵 横須賀スケッチ ☆★◎♡▲
- 173 林佐知子詩集 串田敦子・絵 きょうという日 ☆★◎♡▲
- 174 後藤基宗子詩集 岡澤由紀子・絵 風とあくしゅ ☆♥★◎♡
- 175 土屋律子詩集 高瀬のぶえ・絵 るすばんカレー ☆♡★◎▲
- 176 三輪アイ子詩集 深沢邦朗・絵 かたぐるましてよ ★☆♡
- 177 田辺瑞美子詩集 西真里子・絵 地球賛歌 ☆★◎
- 178 高瀬美代子詩集 小倉玲子・絵 オカリナを吹く少女 ☆♡
- 179 中野惠子詩集 串田敦子・絵 コロポックルでておいで ★♡☆●
- 180 松井節子詩集 阿見みどり・絵 風が遊びにきている ★☆♡▲

…ジュニアポエムシリーズ…

※発行年月日は、シリーズ番号順と異なり前後することがあります。

ジュニアポエムシリーズは、子どもにもわかる言葉で真実の世界をうたう個人詩集のシリーズです。

本シリーズからは、毎回多くの作品が教科書等の掲載詩に選ばれており、1975年以来、全国の小・中学校の図書館や公共図書館等で、長く、広く、読み継がれています。

心を育むポエムの世界。

一人でも多くの子どもや大人に豊かなポエムの世界が届くよう、ジュニアポエムシリーズはこれからも小さな灯をともし続けて参ります。

銀の小箱シリーズ

- 葉 祥明 詩・絵　小さな庭
- 若山 憲 詩・絵　白い煙突
- こばやしひろこ・詩 うめざわのりお・絵　みんななかよし
- 江口 正子・詩 油野 誠一・絵　みてみたい
- やなせたかし 詩・絵　あこがれよなかよくしよう
- 冨岡 みち・詩 関口 コオ・絵　ないしょやで
- 小林比呂古・詩 神谷 健雄・絵　花かたみ
- 小泉 周二・詩 辻 友紀子・絵　誕生日・おめでとう
- 柏原 耿子・詩 阿見みどり・絵　アハハ・ウフフ・オホホ★♡▲

すずのねえほん

- たかはしけいこ・詩 中釜浩一郎・絵　わたし★◎
- 尾上 尚子・詩 小倉 玲子・絵　ぽわぽわん
- 糸永えつこ・詩 高見八重子・絵　はるなつあきふゆもうひとつ★児文芸新人賞
- 山口 敦子・詩 高橋 宏幸・絵　ばあばとあそぼう
- あらい・まさはる・童謡 しのはらはれみ・絵　けさいちばんのおはようさん

アンソロジー

- 渡辺 浦人・編 村上 保・絵　赤い鳥 青い鳥
- わたげの会・編 渡辺あきお・絵　花ひらく
- 木曜会・編 西 真里子・絵　いまも星はでている
- 木曜会・編 西 真里子・絵　いったりきたり
- 木曜会・編 西 真里子・絵　宇宙からのメッセージ
- 木曜会・編 西 真里子・絵　地球のキャッチボール★◎
- 木曜会・編 西 真里子・絵　おにぎりとんがった☆★◎
- 木曜会・編 西 真里子・絵　みぃーつけた♡★◎
- 木曜会・編 西 真里子・絵　ドキドキがとまらない